Kunsten at forføre en bibliotekar

Hæfte 1

En uventet arv

Kunsten at forføre en bibliotekar

Hæfte 1

En uventet arv

Betaudgave i begrænset oplag

Work in Progress

Af

Henrik Neergaard

FSC
www.fsc.org
MIX
Papir fra
ansvarlige kilder
Paper from
responsible sources
FSC® C105338

Kunsten at forføre en bibliotekar

Hæfte 1 – En uventet arv (Betaudgave)

Forlag: BoD · Books on Demand, Strandvejen 100,

2900 Hellerup, bod@bod.dk

Tryk: Libri Plureos GmbH, Friedensallee 273,

22763 Hamborg, Tyskland

ISBN: 978-87-4305-861-8

Kapitel 1

Bente Pedersen var en kvinde i sin bedste alder. Sådan tænkte hun tit. Hvis der overhovedet var noget, der hed sådan. Man talte altid om en mand i sin bedste alder. Ikke så meget om kvinder. Nej, kvinder skulle helst være unge og smukke. Det er var egentlig uretfærdigt, tænkte hun. Selv var hun lige fyldt 27, og hun følte, at hun nu havde fået styr på sin tilværelse. Det hele kørte som en velsmurt maskine. Hun havde sin lille hyggelige lejlighed og sit gode job som bibliotekar. Men ikke nogen mand og heller ikke nogen kærester eller løse forbindelser. Det med løse forbindelser var ikke noget for hende. Men heldigvis havde hun nok af andre ting at fylde sin tilværelse med. Man kunne ikke stole på mænd. De var kun ude på én ting. Men hun havde da haft kærester, da hun var yngre. Det havde hun. Men det var altid endt med en skuffelse. Var det hende, der stillede for store krav?

Måske. Men der var nu også nogle af dem, der decideret opførte sig som nogle svin, for nu at sige det rent ud. Men ikke Erik. Han var den eneste, der ikke havde været et svin. Og alligevel var de gledet fra hinanden. Hvorfor? Spurgte hun sig selv, om og om igen, og naturligvis til ingen verdens nytte. Erik havde været hendes livs store kærlighed. Hun sukkede. Ti lykkelige måneder havde de haft sammen, før skæbnen ville, at deres veje skulle skilles. Hun havde været 20, da de mødtes. For ung til at binde sig for alvor. Han var to år ældre. Indimellem drømte hun stadig om ham om natten.

Men det var ikke så tit mere. Nu kunne der gå måneder imellem. Drømmene var aldrig helt ens. Men hovedindholdet var det samme. Hun opholdt sig et sted, hvor hun pludselig mødte ham igen. Det kunne være et af de steder, de faktisk havde været sammen. Men det kunne også være alle mulige andre steder. Først var hun der bare alene. Så opdagede hun, at han også var der. Og langsomt og forsigtigt begyndte de at spørge til hinanden og det viste sig, at de stadig holdt af hinanden. Drømmen sluttede som regel med, at han tog hende i sine arme og trykkede et langt og saligt, brændende kys mod hendes tørstende læber. Men alligevel syntes hun aldrig kysset havde varet længe nok, når hun vågnede. Nogle gange vågnede hun allerede lige inden deres læber mødtes.

Så var hun i et underligt irritabelt og frustreret humør hele dagen, og snerrede ad alt og alle, og var sur og kort for hovedet over for biblioteksgæsterne. Hun, der ellers altid var så flink og hjælpsom. Først når hun kom hjem om aftenen og havde overstået dagens pligter, kunne hun omsider falde til ro og få forløst sin længsel. Men efterhånden var drømmene blevet sjældnere.

Alligevel vidste hun med sig selv, at der ikke var nogen af de andre mænd, der kunne måle sig med Erik. Selv om hun måske havde været betaget af dem i starten. Som f. eks. med Carl-Emil. Ham havde hun været stormende forelsket i, og endda på vej til at blive forlovet og gift med. Men det var endt med en kæmpe skuffelse. Han havde vist nogle sider af sig selv, som hun absolut ikke brød sig om, så hun havde været nødt til at gøre det forbi. Hun sukkede. Hun ville nok aldrig møde en som Erik igen. Nå, men så var det jo godt, at hun havde andre interesser her i tilværelsen. Hun gik meget op i sit arbejde som bibliotekar. Hun lagde stor vægt på altid at gøre sit job så godt og omhyggeligt som muligt. Det gav hende en særlig tilfredsstillelse at have orden i sagerne. At vide, at der ikke var nogen, der kunne sige hende noget på.

Hun så måske ikke særlig spændende eller attraktiv ud, men det var heller ikke det, der betød noget for hende. Til gengæld var hun flittig og respektabel, solid og ærbar, som en af hendes veninder lidt drillende udtrykte det. Ikke sådan en tøjte som mange af de unge piger nu om dage. Især her i de senere år var de da gået helt amok med deres piercinger og tatoveringer og bare maver alle vegne. Poptøser kaldte man dem. Tænk engang, ikke at have andre interesser her i livet end den slags overfladisk tant og fjas. Når der nu fandtes så mange andre ting, der var både større og dybere og meget mere spændende og værdifulde. Som nu det Erik og hun havde haft sammen.

Hun interesserede sig lidt for det alternative. Ikke sådan at forstå, at hun gik til clairvoyante eller healing eller sådan noget. Hun var jo ikke overtroisk. Men hun dyrkede det sådan stille og roligt, mest ved at læse om det.

Hun var jo bibliotekar. Det var naturligt for hende at søge viden i bøgernes verden. Der følte hun sig godt tilpas. Hun havde altid læst meget. Nej, hun havde slugt alle de bøger hun kom i nærheden af, råt og brutalt, begærligt suget alle sætninger ud af dem til sidste bogstav, og slugt det, slugt det hele, uden skånsel eller fine fornemmelser, og uden at spilde et eneste ord på gulvtæppet, så ferm var hun blevet til det. Og hun nød det. Hun nød det uden hæmninger eller forbehold af nogen art, uden at tænke på om det nu også var fornuftigt eller ej. Så meget, at hun undertiden kunne blive helt forskrækket over, hvor ivrigt og hensynsløst hun dyrkede denne sin store lidenskab.

I den senere tid var det blandt andet sådan noget med tibetansk livsfilosofi og den slags hun havde kastet sig over. Det interesserede hende. Hvis nogen havde spurgt hende, hvilken mand hun helst ville være sammen med, hvis hun strandede på en øde ø, ville hun have svaret Dalai Lama. Ham beundrede hun virkelig. Han talte bare så dårligt engelsk, at han var svær at forstå, når han holdt foredrag. Men hun havde læst alle de bøger af ham og om ham, som hun kunne få fat på. Både dem der var kommet på dansk, og dem der fandtes på engelsk. Hun troede naturligvis ikke på det sludder som en af hendes veninder engang havde sagt om, at små spinkle mænd med store hjerter nogle gange havde... Nej, nu tabte hun tråden. Det var jo noget fjolleri. Det var jo ikke det, det kom an på. Den slags kunne godt gøre hende vred, ja ophidset. Sådan noget useriøst pjat! Det havde hun også sagt til veninden, som kun havde leet. Hun havde sikkert kun sagt det for at drille hende.

Sund levevis var et andet område hun gik meget op i. Hun købte altid økologisk og var næsten 100 % vegetar. Først og fremmest fordi det var det sundeste og mest fornuftige. Og så var der jo det med klimaet. Hun stræbte i hvert fald efter at blive fuldstændig vegetar. Men en gang i mellem faldt hun alligevel i vandet og købte en stor rød bøf eller spiste en tatarmad. En løvemad, som Erik havde kaldt det. Bagefter bebrejdede hun altid sig selv, at hun endnu en gang var faldet for fristelsen. Hun havde allerede for flere år siden besluttet sig til at blive vegetar, og det var hun også det meste af tiden. Netop derfor var det ekstra irriterende, at hun stadig blev ved med at falde for den slags åndssvage fristelser.

Men når hun havde levet vegetarisk i en måneds tid, så kunne hun pludselig føle en næsten uimodståelig trang til noget rigtig mørt og saftigt rødt bøfkød. Som regel plejede hun at gå og kæmpe imod i flere dage. Hun blev ved med at sige til sig selv, at det bare var noget pjat, og at denne gang ville hun vise karakterstyrke og stå imod. I stedet for bare at være slap og give efter.

Men det endte altid med, at hun alligevel brød sit løfte til sig selv. Og gik hen til slagteren og købte en rigtig stor og velhængt bøf eller 200 gram tatar – nogle gange mere – og så smovsede hun i oksekød hele den aften. Det var næsten som om hun blev helt høj af det. Men næste dag var hun irriteret over, at hun endnu en gang var plumpet i.

Næsten lige som at have tømmermænd, tænkte hun nogle gange. Nå, men den slags havde hun nu ikke problemer med. Rigtige tømmermænd. Det var faktisk sjældent hun drak alkohol. Ikke fordi hun var hverken afholdsmand eller afholdskvinde. Men fordi det ikke rigtig sagde hende noget. Hun syntes man blev så dum og fjollet, når man blev fuld. Og fulde mennesker var så frastødende. Og når der nu fandtes så mange dejlige urteteer. De mennesker vidste slet ikke, hvad de gik glip af.

En anden af hendes interesser var musik. Det var mest klassisk musik for hendes vedkommende. Eller faktisk udelukkende klassisk musik. Ja, hun havde ganske vist en lillebitte fjollet svaghed for Hawaii-musik. Jo, sådan rigtig sentimental og romantisk Hawaii-musik. Hun havde en lille samling på 8 CD'er med Hawaii-musik. Men de stod gemt inde bag alle de andre CD'er, dem med de store klassiske komponisters mesterværker, for hun syntes selv det var lidt fjollet med det der Hawaii-musik. Men en gang imellem tog hun dem frem, når hun var i det humør. Men bagefter lagde hun dem omhyggeligt på plads, inde bag ved den rigtige musik. Det var nu heller ikke fordi det var så tit. Og ellers var det udelukkende seriøse komponister, hun interesserede sig for. Ikke noget alt for letbenet. Opera, men ikke operette. Ikke de alt for svulstige og vulgære romantiske komponister. Ikke noget fra efter år 1900. Nej, det var de gamle mestre, hun dyrkede. Mozart, Beethoven, Händel. Den slags vidste man, hvad var. Men hendes absolutte favoritter var Bachs orgelværker og så gregoriansk kirkesang. Det lød så rent og smukt, næsten overjordisk. Hun havde også sunget i kirkekoret en overgang. Det var noget, hun var begyndt på for en 3-4 år siden, da hun så en notits om, at de søgte nye medlemmer til kirkekoret. Men det varede nu kun en enkelt vinter og en halv sommer. Hun havde altid haft en god sangstemme og havde sunget i skolens kor i sin tid.

Og så gik hun tit til kirkekoncerter. Med disse pragtfulde, storladne orgelværker, både af Bach, men såmænd også når det var andre komponister. Man kunne jo ikke forlange, at det skulle være Bach hver gang. Hun boede på Østerbro i København, men hun tog tit til Roskilde for at høre kirkekoncerter i domkirken, fordi der var det der pragtfulde orgel med den fantastiske klang.

Kapitel 3

Hun havde ikke meget familie tilbage. Hendes far og mor var blevet dræbt ved en frygtelig bilulykke for snart 7 år siden. Det smertede hende stadig, når hun kom til at tænke på det. Hun var deres eneste barn. Undertiden kunne hun godt savne at have nogle søskende. Eller noget andet familie. Der var kun et par gamle tanter, og de boede i Jylland. Selv boede hun jo i København, på Østerbro. Det var kun sjældent, at hun besøgte dem. Ja, og så var der jo hendes farbror, Karl-Erik, der boede på et hjem for handicappede. Ham havde hun kun set et par gange, efter at hun var kommet til København for omkring 6 år siden. Men så var det jo godt, at hun havde sine veninder, og at hun havde så mange interesser at gå op i.

Ja, og så var der jo onkel Georg. Han havde altid været familiens sorte får, så ham omgikkes hun helst ikke. Han havde altid været ude efter hendes far og havde direkte prøvet at skade hans karriere. Men det var heldigvis ikke lykkedes ham at sætte en plet på faderens gode rygte. Onkel Georg og hendes far havde været uvenner lige så længe hun kunne huske. Hun var ikke klar over, hvad det skyldtes. Det havde bare altid været sådan. Måske stammede der helt tilbage fra deres ungdom, fra før hun blev født. Måske havde de været forelsket i den samme kvinde. Hun vidste det ikke. Hendes far havde aldrig villet tale om det. Onkel Georg var lidt en anløben person. Ikke direkte kriminel, i hvert fald ikke, så han var blevet straffet for det. Men god til at rage penge til sig med sådan lidt tvivlsomme metoder, der balancerede på kanten af loven. Han havde været boligspekulant og havde haft et finansieringsselskab, der opererede på det grå lånemarked. Han havde tjent en formue på heldige ejendomshandler.

Men til sidst var det lykkedes hendes far at få afsløret onkel Georgs svindelnumre, selv om det først var kommet frem efter faderens død. Han havde i flere år arbejdet på at kulegrave onklens liv og færden for at kunne underbygge de rygter, der gik om hans svindel og hans misliebige forretningsmetoder. Til sidst var det lykkedes ham at samle et stort materiale sammen, som han var ved at redigere, da den tragiske ulykke fandt sted. Men en af hans venner arbejdede videre med det store materiale og gik til pressen med noget af det, og på den måde lykkedes det alligevel at få afsløret lidt af onkel Georgs misgerninger. Selvom det var en skam, at hendes far ikke nåede at opleve det.

Sagen blev slået stort op i medierne og onkel Georg blev nærmest skandaliseret. Selvom politiet ikke fandt noget grundlag for at rejse sigtelse, betød sagen, at onkel Georg måtte dreje nøglen om i sit firma. Der gik rygter om, at det alligevel var lykkedes ham at få stukket nogle penge til side. Nogle talte om en hemmelig bankkonto i Schweiz. Han var også blevet smidt ud af logen, hvor han ellers havde været ordensbroder på et ret højt trin. Nogle sagde, at han havde allieret sig med en privatdetektiv. Nogle sagde, at han mest gjorde det i håb om at kunne grave noget smuds op fra hendes fars fortid, for på den måde at tage hævn og prøve at skandalisere ham med tilbagevirkende kraft. Men hendes far havde været en hædersmand i enhver henseende, så der var ikke noget at komme efter eller noget snavs, der kunne graves frem. Det var Bente sikker på. I øvrigt havde hun for nylig hørt, at Onkel Georg selv havde forladt landet og var flyttet i skattely på Cayman Islands, eller sådan et sted.

Kapitel 3

Det havde været en travl uge på biblioteket. Ja, hele måneden havde hun haft ekstra travlt. Det hang nu nok mest sammen med, at kommunen havde spare og derfor havde nedlagt 2 stillinger på hendes lokalbibliotek. Heldigvis var der ikke nogen, der var blevet fyret. Man havde klaret det ved naturlig afgang, som det hed. Når en stilling blev ledig, blev den ikke genbesat. Så enkelt var det. Den ene var en ældre bibliotekar, der var gået på efterløn. Den anden var en ung bogopsætter, der skulle flytte til Århus, fordi hun var kommet ind på drømmestudiet.

Det var Bente, der havde stået for arbejdet med den lille afskedsreception for de to kolleger, og der var enighed om, at hun havde klaret det med glans. Det var lidt vemodigt at skulle sige farvel til den gamle frk. Rasmussen, som kun modvilligt havde accepteret at blive kaldt ved fornavn – Karen hed hun – dengang da Bente var startet her som nyuddannet bibliotekar, og som havde været den, der satte hende ind i forholdene og havde taget hende lidt under sine vinger i starten.

Bente havde det tit lidt svært med den slags. Men det hjalp at have noget praktisk at tage sig til, som f.eks. at stå for den lille afskedsreception. Det foregik jo under beskedne former. Andet var der hverken tid eller råd til. Men Bente havde lagt et stykke arbejde i at sørge for, at det alligevel blev en ordentlig og værdig afsked med de to kolleger.

Den gamle frøken Rasmussen havde vist nærmest følt sig presset til at gå på efterløn. I virkeligheden ville hun vist helst være fortsat nogle år endnu. Bente syntes, det var trist, når det gik sådan. Men det var sparetider, og kommunen havde fuld gang i sparekniven. Det var ikke første gang det var gået ud over bibliotekerne. For et par år siden var der også blevet nedlagt to stillinger på det lille filialbibliotek. To medarbejdere var blevet afskediget. En bibliotekar og en skrankemedarbejder. Oprindelig havde der været 5 bibliotekarer, nu var der kun 3 tilbage. Afdelingsbibliotekaren Carsten, Bettina, der arbejdede halvtids, og så Bente. Skrankemedhjælperne og bogopsætterne var der også blevet skåret ned på. Reduktionerne i personalet blev begrundet med indførelsen af moderne IT-teknik, hvor lånerne i højere grad skulle betjene sig selv. Men så meget havde det nu heller ikke lettet deres arbejde på biblioteket. Kommunen skulle bare have en eller anden undskyldning for at spare på lønkontoen.

Denne gang havde de klaret det ved såkaldt naturlig afgang, så det havde ikke været nødvendigt at afskedige nogen. De havde faktisk været heldige at slippe med en reduktion på to medarbejdere. Der havde nemlig været seriøse planer i kommunalbestyrelsen om at lukke et af de 4 filialbiblioteker, og længe havde det set ud til, at det var det her, der var i farezonen, fordi det havde det laveste antal udlån. Men i sidste øjeblik havde kommunalbestyrelsen valgt at lukke et af de andre små biblioteker, hvor der var flere ansatte og en dyrere husleje, så der var flere penge at spare ved at nedlægge det.

Men Bente havde da fået en god snak med frøken Rasmussen og fået sagt, hvor glad hun var for den hjælp hun havde givet hende dengang hun kom som nyuddannet bibliotekar og skulle sættes ind i det hele.

Kapitel 4

En aften da hun var kommet hjem fra arbejde, sad hun og bladede i avisen. Af en eller anden grund læste hun siden med mindeord, jubilæer, og dødsannoncer mere grundigt end ellers. Pludselig var der en af dem, der fangede hendes særlige interesse. Georg Thormod Andersen, stod der. Men det var jo hendes onkel. Onkel Georg. Fødselsdatoen passede også. Så nu var han altså død. Hun havde da ikke hørt, at han havde været syg. Men hun havde nu heller ikke nogen kontakt med ham. Eller med den side af familien i det hele taget. Det havde hun droppet efter det han havde gjort mod hendes far. Mod sin vilje følte hun et lille stik af skadefryd, da hun læste dødsannoncen over onkel Georg. Som om retfærdigheden var sket fyldest. Den slags følelser plejede hun ellers ikke at have. Det var hun alt for pænt et menneske til.

Dagene gik videre som de plejede, og det var sjældent hun tænkte på onkel Georg. Der var også nok at se til på biblioteket. Nu var de jo to medarbejdere færre, så der var mere arbejde, der skulle gøres for dem, der var tilbage. Det var kun et lille filialbibliotek, og de var i forvejen underbemandede. Der boede mange gamle damer i lokalområdet, og de var flittige lånere.

Mange af dem var vant til at benytte sig af bibliotekarens hjælp til at finde nogle gode bøger af den type de foretrak at læse. Nogle af dem nød vist også den sociale kontakt, der lå i en samtale om bøger og deres personlige yndlingsforfattere med en vidende og hjælpsom bibliotekar, der ikke blev utålmodig, selvom samtalen trak ud og måske undertiden kørte en smule ud ad en eller anden lille tangent.

Men det var nu ikke noget, der anfægtede Bente. Tværtimod satte hun en ære i altid at give en upåklagelig service, og demonstrere sin store viden om bøger og forfattere. Hvis hun så ovenikøbet kunne dække et kontaktbehov eller socialt behov hos de gamle damer, så var det kun noget, der gjorde hende ekstra glad ved sit arbejde og fik hende til at føle, at hun virkelig gjorde en forskel. For hende var det en vigtig del af bibliotekets arbejde og den funktion, hun mente det burde have i lokalsamfundet.

Lidt sværere havde hun det med de halvgamle ensomme mænd og sociale tabere, der var begyndt at hænge ud på biblioteket. Det var sjældent de lånte bøger med hjem, og det stred i sig selv mod bibliotekets hovedfunktion, sådan som hun opfattede den. Det virkede snarere som om de brugte biblioteket som en slags varmestue. Langt de fleste af dem var såmænd flinke og høflige nok, meget lavmælte og stilfærdige, så i den henseende var der ikke nogen problemer med dem. De sad bare lige så stille og læste avis eller surfede på en af computerne. Det var mere det, at de virkede så triste. Som om de havde givet op og bare skulle have tiden til at gå med et eller andet. Nogle af dem kunne sidde i flere timer og spille syvkabale, hvis der var en af computerne, der var ledige. Hvor måtte det være trist og kedsommeligt, hvis man ikke havde andre interesser i tilværelsen end det, tænkte hun. Hun havde nærmest lidt ondt af dem.

Men også her havde biblioteket jo alligevel en funktion i lokalsamfundet, det var hun godt klar over. Så længe de ikke gav problemer og i øvrigt opførte sig pænt og stilfærdigt, så var det trods bedre, at de hang ud på biblioteket i stedet for, at de søgte tilflugt på den lokale bodega og sad der og kævede den. De kom enkeltvis, de sad der enkeltvis, og de gik enkeltvis, talte sjældent sammen, så der var ikke nogen problemer med larm eller højlydt snak fra den kant, sådan som der undertiden kunne være med nogle af de unge, der kom hen på biblioteket efter skoletid for at spille computerspil eller søge på Google efter et emne, de skulle bruge til en stil. Det var jo ikke alle børn og unge, der havde en computer derhjemme. Det hørte med til den aldersgruppe, at de af og til larmede lidt. Det skulle der også være plads til. Også på et bibliotek.

Biblioteket måtte følge med tiden og åbne op for de nye generationer, i en passende blanding af lødig litteratur og tidens nye trends og tendenser. Biblioteket skulle ikke være et museum, men en levende del af nutidens samfund, så det på den måde kunne medvirke til at føre berigelsen ved god litteratur med ind i fremtiden som modvægt til de stadig mere underlødige Tv-programmer. Derfor måtte man give lidt tøjrslag til de unges lidt mere livlige væremåde, og ikkeinsistere på, at biblioteket skulle være et akvarium af tavshed og stilleleg, sådan som det havde været i gamle dage. For så risikerede man at skræmme de unge væk fra litteraturens verden, så de aldrig lærte glæden ved at læse bøger at kende.

Det var ikke helt forkert sagt, at hun så det som sin opgave som bibliotekar at missionere for god og lødig litteratur, fordi det havde betydet så meget for hende selv og havde givet hende så mange gode oplevelser. Men det var der da heller ikke noget forkert ved. Det ville da også være en dårlig præst, der ikke prøvede at udbrede evangeliet, og en dårlig bilforhandler eller automekaniker, der ikke selv var begejstret for biler. Det hørte da nærmest med til jobbet, hvis man var en engageret medarbejder, plejede hun at argumentere, når en af veninderne ind i mellem syntes, at hun missionerede lidt rigeligt og vedholdende for at få dem til at læse en eller anden af de store klassiske forfattere.

Kapitel 5

Han kom lørdag formiddag. Det var en af de travle dage. Bente var lige blevet færdig med at finde den helt rigtige krimi til fru Johansen, der var en af bibliotekets faste kunder. Så stod der pludselig en høj mørkhåret mand ved skranken. Det var ham. Hun havde lagt mærke til ham et par gange før. Christian hed han vist. Men det var hun nu ikke sikker på. Han havde også været der lørdagen før.

Han så ud til at være omkring de 40, og var høj, slank og veltrænet. Men ikke nogen bodybuildertype. Måske snarere gymnasielærer. Men det vidste hun faktisk heller ikke. Forleden dag havde hun også set ham på sin morgenløbetur.

Han boede lidt længere henne ad vejen. Han var løbet ind i opgangen i en af de røde blokke, der lå næsten henne ved enden af vejen.

Tilsyneladende interesserede han sig meget for ældre dansk litteratur. Det var det han havde spurgt efter de andre gange han havde været på biblioteket. Det var der ikke så mange, der gjorde. Og han vidste hvad han ville have. Han var tydeligvis inde i sagerne. I dag spurgte han efter den nye udgave af Johannes Ewalds "Levnet og meninger." Men desværre måtte hun skuffe ham.

Den bog havde de ikke fået lov til at anskaffe til et lille filialbibliotek. Så spurgte han til en bog med nogle af Johannes Ewalds digte. Her kunne hun fortælle ham en hel del specifikke oplysninger. Men selve bogen havde de ikke her på biblioteket, så endnu en gang måtte hun skuffe ham. Det var ulempen ved at være ansat på et lille filialbibliotek. Johannes Ewald var en af de gamle klassiske danske forfattere fra slutningen af 1700-tallet og i dag var der nok ikke andre end bibliotekarer og gymnasielærere, der læste den slags.

Uvist af hvilken grund kom de til at tale om den anden roman af Johs. Ewald, der var med i den nye udgave af ”Levnet og meninger.” Den der hedder ”Herr Panthakaks erindringer.” Det er en mere filosofisk roman, som det viste sig, at det i virkeligheden var den, der interesserede Christian (eller hvad han nu hed) mere end den mere kendte ”Levnet og meninger.”

Midt i deres samtale kom der en ældre dame og spurgte efter den nyeste krimi af Julie Hastrup. Christian (som Bente havde vedtaget med sig selv, at han hed) fortrak høfligt og hensynsfuldt, fordi han åbenbart ikke ville stå i vejen for den lidt påtrængende og utålmodige dame, der var så ivrig efter at få sin krimi. Så Bente måtte følge damen hen til reolen med krimierne og finde den rigtige frem til hende. Heldigvis var den hjemme og stod på hylden hvor den skulle. Damen blev glad og takkede hende overstrømmende for hjælpen, idet hun samtidig beklagede sig over, hvor svært det var blevet at finde rundt på biblioteket, efter at det var blevet nyindrettet for et par år siden. Dette fulgte hun op med en detaljeret beskrivelse af problemerne med sin forstuvede ankel, og sluttede af med en række spørgsmål om Christian Mørks krimier, som hun havde tænkt sig at gå i gang med, når hun var færdig med den, som Bente lige havde fundet frem til hende. Professionel som hun var, så kunne Bente naturligvis også svare på disse spørgsmål, hvorpå den søde ældre dame endnu en gang takkede hende for hjælpen og humpede derfra kendeligt oplivet.

Da alt det var overstået, og Bente kunne vende tilbage til sin plads bag skranken, var ham der Christian naturligvis for længst forsvundet igen. Men samtalen med ham havde givet hende lyst til at genlæse "Herr Panthakaks erindringer." Hun havde læst den engang som ung, dengang hun endnu gik på universitetet. Faktisk lige før hun mødte Erik.

Der undslap hende et lille suk ved tanken. Det var de glade dage dengang på danskstudiet. Et par lykkelige ungdomsår, inden hun af flere forskellige årsager droppede ud fra studiet og begyndte at læse til bibliotekar.

Hun havde stadig bogen stående i reolen derhjemme, men det var længe siden hun havde den fremme. Det var naturligvis den gamle udgave, men det gjorde ikke noget. Hun kunne godt lide den slags romaner, der var lidt filosofiske. At den var af ældre dato, generede hende ikke. Hun havde en svaghed for 1700-tallet. Det var dengang med oplysningstiden og alt det der. Det måtte have været spændende at leve dengang, da alt det nye brød frem. På tærsklen til industrisamfundet og den moderne tid. Ligesom vi, her kort før årtusindskiftet befandt os ved begyndelsen på en ny tidsalder med it og computerteknologi, som nogen spåede ville forandre verden lige så meget, som industrialiseringen dengang havde gjort, tænkte hun.

Kapitel 6

Efter damen med krimierne kom der en pause i biblioteksgæsterne. Bente sad og faldt lidt i staver. Hun kom pludselig til at tænke på Jack Kerouacs "On the road". "Vejene" hed den danske udgave, men hun foretrak nu den amerikanske. Det var tit bedre at læse bøger på originalsproget, hvis man ville have det fulde udbytte af dem. Hun havde nydt at læse "On the road". Det var noget helt andet end dansk 1700-tals litteratur. Men alligevel en klassiker i sin genre. Hun ville nok aldrig selv have begivet sig ud på en odyssé som den Kerouac havde foretaget, men hun kunne godt lide at læse om det.

Den var der også kommet en ny udgave af for et par år siden. Men hun havde nu sin egen idé om, hvad der ville være hendes yndlingsudgave af "On the road". Jack Kerouac havde i sin tid skrevet den på skrivemaskine på én lang rulle papir. Hvorfor var der ikke nogen, der havde fået den idé at udgive det oprindelige maskinskrevne manus i bogform. På engelsk naturligvis. Ikke på en lang rulle som selve manuskriptet, det ville være for upraktisk når man skulle læse den. Men man kunne jo affotografere den oprindelige maskinskrift og så dele det op, så det passede med siderne i en bog. Altså trykke hele teksten i faksimile, som det hed. Så ville man komme meget tættere på originalteksten.

Men der var vist noget med, at forlæggeren, der først havde udgivet den, havde ændret eller udeladt visse ting i teksten. Men på den her måde ville det hele komme med, fuldstændig som Kerouac havde skrevet det. Og tiden måtte vel snart være kommet til at Kerouacs mest kendte bog kunne udgives i sin oprindelige form. Det var et spørgsmål om autencitet og samtidig en hyldest til Kerouac, syntes hun. Som læser ville man komme tættere på forfatteren, når man kunne følge hvert eneste af de bogstaver, som Kerouac selv møjsommeligt havde hamret ned på sin papirrulle med en skrivemaskinetast. Man kunne følge med i enhver stavefejl eller kommafejl, og de overstregninger og rettelser som Kerouac selv havde foretaget undervejs i skriveprocessen. Man ville endda kunne se, hvor han havde hamret særlig hårdt og ivrigt på tasterne, så der var kommet et kraftigt sort aftryk af bogstaverne, og de steder, hvor teksten stod svagere og lysere, fordi han havde haft et lettere og mere afslappet anslag. Al den slags kunne man jo se i den færdige originaltekst, fordi det var skrevet på en gammeldags hånddrevet skrivemaskine uden slettebånd eller andre muligheder for at redigere i det, man allerede havde skrevet.

Når man skriver på den måde, så fanger bordet. Og endnu mere når man skrev på den måde, som Kerouac havde gjort med "On the road". Hvor han ikke skrev på løse ark, hvor man kunne tage et ark ud af bunken og skrive det om senere, men på en lang papirrulle. Det gav et meget mere ærligt indtryk af forfatteren end i dag, hvor de fleste skrev på en computer, hvor der var endeløse muligheder for at blive ved med at skrive om. Meget mere frisk fra fad. Ikke så poleret, så alle de interessante kanter var slebet af, for at gøre det mere salgbart – eller hvad man troede ville sælge nogle ekstra eksemplarer.

Det var sådan nogle tanker, der faldt hende ind nogle gange.

Tankerne gled igen tilbage til Ewalds "Levnet og meninger". Med lidt god vilje kunne man vel godt kalde den en slags landevejsroman om hans rejse gennem tilværelsen. Men sammenligningen holder nok alligevel ikke helt, tænkte hun. Det var jo også bare en strøtanke, der var faldet hende ind. Men det mest betagende ved Ewalds roman var naturligvis skildringen af hans ulykkelige kærlighed til sin Arendse, som var det det havde sat hele hans færd i gang.

Det fik hende straks til at tænke på sin egen ulykkelige forelskelse i sin Erik, som også på så mange måder havde præget hendes tilværelse og den retning, den havde taget. Det var netop i forbindelse med denne sammenhæng, at hun havde forladt danskstudiet på universitetet og var blevet bibliotekar i stedet for. Så hendes reaktion på det havde været betydelig mere afdæmpet end Ewalds, der jo havde meldt sig som lejesoldat. Hendes var ikke nær så eventyrlig, men mere fornuftig og velovervejet. Den slags var vigtigt for hende.

Alligevel kunne hun en gang imellem føle et lille stik af længsel efter noget mere eventyrligt. Men så var det jo godt at hun havde bøgernes verden at søge tilflugt i, og endda kunne dyrke denne sine store interesse i sit daglige arbejde som bibliotekar.

Engang i mellem fik hun lyst til selv at begynde at skrive en bog. At avancere fra bibliotekar til forfatter. Det skulle naturligvis være en roman. Men hun vidste ikke helt hvad den skulle handle om. Hun havde leget med forskellige idéer, men var usikker på, om der nu også var kød nok på dem. Så det strakte sig til en hel roman og ikke bare til en novelle. Bare man kunne skrive som Kerouac. Han havde efter sigende skrevet "On the road" på 14 dage - eller var det 3 uger? Noget i den retning, i hvert fald. Og en anden af hans romaner, der på dansk hedder "De underjordiske" havde han vist skrevet på under en uge.

Det lød næsten helt utroligt. Men hun havde faktisk engang set et kursus i et aftenskoleprogram der hed "Skriv en bog på en uge", så det måtte jo kunne lade sig gøre, også for andre end Jack Kerouac. Det var nok noget med at lære nogle bestemte skriveteknikker. Hun måtte prøve at se efter, om hun stadig havde det der aftenskoleprogram.

Måske kunne hun bruge sin sommerferie til at skrive sin roman. Sin første roman, rettede hun det omgående til i sine tanker. Hun havde 3 ugers sommerferie. Så hun ville endda have mere tid til det, end Kerouac havde haft til "De underjordiske". Måske nærmest svarende til den tid, han havde brugt på at skrive "On the road" – som jo i øvrigt også var en langt bedre og mere velskrevet bog end "De underjordiske". Så måske var det netop i år, at hun skulle realisere sin drøm om at blive forfatter.

Kapitel 7

Hun havde selvfølgelig arvet lidt efter sine forældre, da boet omsider var blevet gjort op, og hun havde vedkendt sig arv og gæld, som man jo skulle for at få arven udbetalt. Hun havde jo været deres eneste barn.

Men de penge var nu hurtigt brugt. Forbavsende hurtigt, syntes hun. Men sådan er det – hvad der kommer let, går let. Det var nu heller ikke noget stort beløb. Faktisk undrede det hende, at beløbet ikke var større.

Ikke fordi hun havde regnet med at blive millionær og leve en luksustilværelse uden at behøve at arbejde. Det var slet ikke hendes stil. Hun elskede sit arbejde som bibliotekar og ville nødigt have undværet det. Desuden havde hun altid sat en ære i ikke at gøre sig afhængig af penge og materielle goder. Når blot hun havde det mest nødvendige i dagligdagen var hun tilfreds. For hende var det nogle helt andre værdier, der talte. Så det var ikke så meget derfor. Men det undrede hende simpelthen bare. For eksempel med villaen. Hendes barndomshjem. En stor moderne etplansvilla, arkitekttegnet og med en stor og velpasset have. Med en attraktiv beliggenhed i et af Aalborgs dyre kvarterer. Den havde de haft i mange år. Lige fra før hun blev født. Den måtte da snart være betalt ud. Men tværtimod viste det sig at huset var belånt til op over skorstenen. Det undrede hende. Hvad havde de brugt alle de penge til?

Så vidt hun vidste, havde hendes forældre ikke haft nogen dyre vaner. De havde begge haft en god løn. Hendes far som chef for konstruktionsafdelingen i familiefirmaet, og hendes mor som gymnasielærer.

De havde levet ret beskedent i forhold til deres indkomst. Ikke nogen vild luksus. Hendes far havde kørt i en 10 år gammel østtysk Wartburg. Hendes mor i en lidt nyere Nissan Micra. Ikke ligefrem luksusbiler. Heller ikke nogen stor vinkælder med kostbare årgangsvine. Ingen minkpelse eller Gucci-tasker til hendes mor. Ingen lystbåd. Ingen ferielejlighed et eksotisk sted i syden. Så hvor var alle pengene blevet af. I virkeligheden havde de levet langt under evne. Men hvorfor var huset så belånt til op over skorstenen?

Selv malerisamlingen var pantsat og belånt. Hendes far havde arvet halvdelen af bedstefar Sigfrids store og meget værdifulde malerisamling. Den anden halvdel havde onkel Georg fået. Georg havde omgående solgt sin halvdel for et stort beløb. Faktisk var det penge derfra, der havde været hans startkapital til hans spekulationsforretninger inden for ejendomme, boliger og alt muligt andet.

Bentes far derimod havde beholdt sin andel af malerierne. Gennem hele hendes barndom og opvækst havde et udvalg af dem prydet væggene i hjemmet, mens resten blev opbevaret i et specialbygget og temmelig stort pulterrum. Men det viste sig, at også malerisamlingen havde været pantsat og belånt, selv om den stadig befandt sig i huset. Det havde Bente fundet ud af, fordi der var et af malerierne, der havde hængt på væggene, der altid havde været hendes yndlingsbillede, og derfor havde hun spurgt bobestyreren, om hun kunne få det billede til minde om sine forældre og sit barndomshjem.

Men nej, det kunne hun ikke bare få, havde han sagt. For det var pantsat, og det var et temmelig kostbart maleri, og det beløb hun skulle betale for at indfri gælden i det, oversteg langt hvad hun havde råd til.

Så hvor var alle pengene forsvundet hen? Advokaten havde ikke nogen forklaring på det. Så det forblev et mysterium. Havde hendes forældre – eller en af dem – haft nogle hemmelige laster eller nogle meget dyre vaner, som hun ikke havde kendt til? Det passede slet ikke med det billede, hun havde af sin altid regelrette og fornuftige far. Og endnu mindre, når det gjaldt hendes mor. Så det var og blev en gåde.

Men nu var det efterhånden nogle år siden, så det var ikke noget, hun tænkte over til daglig.

Kapitel 8

Hun havde kun mødt sin onkel Karl-Erik nogle få gange. Han var jo handicappet og boede på en slags handicaphjem i en by, der hed Dianalund. Det er en lille by på Midtsjælland.

Hun havde besøgt ham der året før forældrenes bilulykke var sket. Hendes far og onkel Georg havde været der i forvejen, så alle tre brødre havde været samlet.

Hun var rejst derover med toget. Det havde været en lidt besværlig rejse. Tilbage i 1989. Hun skulle skifte tog flere gange undervejs. Og der var ventetid, fordi de forskellige forbindelser ikke passede særlig godt sammen. Der var nok heller ikke mange, der rejste mellem Aalborg og Dianalund.

Først fra Aalborg ned til Fyn, så over Storebælt, og så fra Korsør til Roskilde. Det var jo ret enkelt. Men så skulle hun stå af i Roskilde og tage et tog mod Holbæk, og så skifte til en lille lokalbane.

Hun var ankommet netop som de skulle til at have eftermiddagskaffe på det der sted, hvor han boede. Hun følte med det samme, at hun nok nærmest var kommet til ulejlighed. Men Karl-Erik tog nu pænt nok imod hende. Han virkede som en meget venlig mand. Han var høj og ranglet. Det meste af tiden sad han i en slags kørestol.

Han indbød hende til eftermiddagskaffe, og de sludrede lidt om løst og fast. Han undskyldte på hendes fars og onkel Georgs vegne, at de lod hende vente. De havde ellers været der lige siden frokost, men var vist gået ud i byen et sted, fordi de havde nogle ting, de skulle tale igennem og forhandle om vedrørende driften af firmaet. Men han vidste ikke, hvad det mere præcist gik ud på.

Først en halv time senere var hendes far dukket op, og lidt senere onkel Georg, der i modsætning til hendes far virkede helt overstadig. Så nu var alle de tre meget forskellige brødre samlet. Eller halvbrødre var de jo. De havde samme far, men forskellige mødre, og var hovedsagelig opvokset hos deres respektive mødre og diverse stedfædre. Måske var det derfor, de var blevet så forskellige. Karl-Erik var den ældste og Georg den yngste. Først da Georg fyldte 15, var de blevet præsenteret for hinanden. Indtil da havde de ikke vidst noget om hinandens eksistens.

Det var nok især på grund af firmaet, at de omsider var blevet bragt sammen. De tre halvbrødre var hver især arving til en tredjedel af familiens ingeniørfirma med tilhørende maskinfabrik.

Firmaet var i sin tid blevet grundlagt af deres bedstefar, Waldemar A. Petersen. Han havde i sit testamente bestemt, hvordan firmaet skulle drives videre i de kommende generationer. Selv havde han kun et enkelt barn, en søn, der hed Sigfred E. Petersen. Sigfred efter digteren Sigfred Pedersen – ham, der skrev ”Nu går våren gennem Nyhavn”. E'et stod for Emmerik – det navn Johs. V. Jensen havde givet sin søn. Johs. V. og Sigfred Pedersen var nemlig gamle Waldemar A. P.s to største idoler på litteraturens område. Selv levede han en pæn borgerlig tilværelse uden nogen slinger i valsen. Selv om han holdt meget af Sigfred Pedersens viser, forsøgte han på ingen måde at efterligne dem i sin egen tilværelse.

Men det gjorde sønnen Sigfred til gengæld. Næppe fordi han følte sig forpligtet af navnet; sådan var hans natur bare. Han kunne tage på ugelange drukture, hvor han turede rundt på dyre restauranter, natklubber, og byens mest skumle værtshuse. Han var en velkendt skikkelse i det aalborgensiske natteliv og havde flere gange vakt en skandale. På den anden side kunne han pludselig møde op på kontoret efter flere dages fravær og have landet en rigtig stor ordre, fordi han kunne drikke alle sine forretningsforbindelser under bordet. Sådan gik rygtet i hvert fald, og selv gjorde han intet for at benægte det. Tværtimod pralede han ofte med det.

Han var en udpræget intuitiv natur, der stolede mere på sin maveformemmelse end på alverdens analyser, og som regel havde han ret. Han havde "næse" for forretninger, og også for den tekniske udvikling og hvad firmaet skulle satse på. Det var ham, der drev det frem fra at være en lille lokal maskinfabrik med et par ingeniører i konstruktionsafdelingen til et mellemstort ingeniørfirma med tilhørende maskinfabrik. Det de fremstillede, var produktionsanlæg til forskellige industrivirksomheder, blandt andet inden for fødevareindustrien.

Sigfreds privatliv havde været mindst lige så rodet og impulsivt som hans arbejdsliv. Som allerede nævnt havde han været gift tre gange, havde hver gang fået en søn, og var blevet skilt igen efter kun et par års ægteskab – og i øvrigt haft en masse mere løse forhold.

Hans far, Waldemar A.P., havde i sit testamente fastlagt detaljerede regler for arvefølgen m.h.t. firmaets ledelse. Det var et familieaktieselskab, det vil sige det var ikke børsnoteret. Den ældste søn arvede automatisk stillingen som administrerende direktør og dermed ledelsen af firmaet. Døtre kom ikke på tale. Det var en utrolig gammeldags bestemmelse, der formentlig stred mod ligestillingsloven. Og der var heller ikke taget højde for, om den ældste søn overhovedet havde lyst til – eller evner for – at lede virksomheden.

Det var netop der, der var et problem med Karl-Erik. Han var venligheden selv, men manglende fuldstændig initiativ og handlekraft, og egnede sig bedst til en passiv, vegeterende tilværelse, hvor han ikke skulle træffe nogen beslutninger, og der blev sørget for ham, som der blev på den institution, hvor han boede.

Det var der en forklaring på, og den var temmelig tragisk. Som barn havde han været meget livlig, nærmest hyperaktiv. Han havde både krudt i røven og et voldsomt temperament og kunne være svær at styre, både for lærerne i skolen og derhjemme hos sin mor og stedfar. Nogle opfattede ham som en der altid var problemer med. En der altid lavede ballade – kort sagt, som en plage for sine omgivelser. Hans stedfar gjorde i hvert fald. Han kendte endda en overlæge, der foretog de berygtede hjerneoperationer, der kaldes lobotomier, eller det hvide snit. Så stedfaren fik arrangeret, at Karl-Erik fik det hvide snit, så han kunne falde til ro og blive mere stilfærdig.

Og det gjorde han sandelig også – helt ovre i den modsatte grøft, så han var sløv og passiv og uden initiativ til noget som helst. Det var i 1955, hvor man havde en helt ukritisk holdning til den slags, og massevis af danskere fik det hvide snit med meget forskellige begrundelser. På det tidspunkt har han været 12-13 år, og lige siden fuldstændig forandret.

Men bestemmelserne i det gamle testamente kan ikke fraviges, og derfor har han nu i en hel del år været firmaets administrerende direktør. Det betød bl.a. at alle væsentlige beslutninger, aftaler og kontrakter skulle være underskrevet af ham for at have gyldighed. Men han var efterhånden blevet så passiv, at han skrev under på alt, hvad man lagde foran ham, uden at tage stilling til hvad det var, og endda ofte uden at vide hvad det var, fordi han ikke engang læste det igennem, før han skrev under.

Som forholdene var, kunne det give problemer, fordi de to andre brødre, Bentes far og onkel Georg, havde vidt forskellige meninger om, hvordan firmaet skulle drives. Det kunne give en masse problemer, når de kom med modstridende beslutninger, som Karl-Erik alle sammen satte sit navn under, så de blev gyldige og skulle sættes i værk.

Det gik naturligvis ikke i længden. Så efter mange diskussioner frem og tilbage blev løsningen, at der blev ansat en omhyggeligt udvalgt sekretær, hr. Poulsen, der skulle samle og koordinere alt, hvad der blev forelagt for Karl-Erik. Officielt kun en sekretær – der dog i praksis fungerede som administrerende direktør. Men den titel var ifølge de testamentariske bestemmelser allerede optaget af Karl-Erik, om end kun af navn, så hr. Poulsen måtte nøjes med at få titel af administrerende sekretær.

Langt det meste af det her vidste Bente godt i forvejen. Men nu fik hun familiefirmaets historie genopfrisket. Som sagt foregik dette familiemøde i 1989, året før forældrenes tragiske bilulykke. For 8 år siden, da hun fyldte 19. Det var det, der skulle markeres. Om aftenen spiste de en god middag på byens eneste ordentlige restaurant. Det sagde onkel Georg i hvert fald, at det var. Men han var vant til at spise dyrt, så han var meget kritisk over for den slags.

Kapitel 9

Det var nu blevet midt i september 1997. Det var blevet efterår efter en sommer, der måske ikke havde sat nogen varmerekorder, men dog heller ikke havde været helt dårlig. Nærmest lidt over gennemsnittet, ville de fleste nok sige. Folk var efterhånden vendt tilbage fra ferie og var begyndt på hverdagene igen.

På det lille bibliotek, hvor Bente havde sit arbejde, var alle nu tilbage efter ferien. Selv havde hun traditionen tro holdt ferie allerede i maj, fordi det hjalp til at få feriekabalen på biblioteket til at gå op, og hun havde ikke noget imod at tage sin sommerferie først på sæsonen. Hun havde jo ikke nogen børn eller ægtefælle, som det skulle passe sammen med.

Der blev talt en del om regnvejret, der nu havde varet i fire dage. Det virkede som en næsten alt for tydelig markering af, at nu var sommeren og ferietiden forbi. Det var nu ikke noget, der generede Bente. Bortset fra, at det godt kunne være lidt irriterende, hvis det styrtregnede, når hun skulle afsted på cykel til arbejde. Men med noget solidt regntøj, så gik det jo alligevel.

Da hun kom hjem fra arbejde den dag, var der kommet et brev fra sagfører Munk. Nu var boet efter hendes onkel blevet gjort op, og hun stod til at arve et samlet beløb på over 6,5 millioner. Det var altså ret mange penge, syntes hun. Men der knyttede sig nogle bestemte betingelser til arven, og derfor bad han hende om at komme til et møde på hans kontor om et par uger.

Hun havde næsten glemt det brev, der kom for snart et halvt års tid siden, og hvor sagfører Munk meddelte hende, at hendes onkel Georg var død og havde skrevet testamente til fordel for hende, men at der ville gå noget tid, før boet var gjort op. Det var det så åbenbart blevet nu. Hun kiggede det nye brev igennem igen.

Det havde faktisk overrasket hende, at onkel Georg var død. Det fremgik ikke af sagfører Munks brev, hvordan han var død. Hun kunne da ikke have været mere end midt i halvtredserne. Hun havde ikke hørt noget om, at han havde været syg. Men på den anden side havde hun ikke haft nogen kontakt med ham siden hun flyttede til København for syv år siden. Han havde vist heller ikke holdt sig tilbage hverken med røg eller druk eller fester og diverse udskejelser. Det havde hendes forældre i hvert fald tit talt om. Hendes far og onkel Georg havde været helt forskellige. De havde været halvbrødre og var vokset op hver for sig. De havde samme far, men hver sin mor, og var hver især vokset op hos deres mor og en stedfar. Hendes far havde været retskaffenheden selv, mens onkel Georg havde snydt og svindlet og tjent penge på tvivlsomme spekulationer, der ofte var på kanten af loven – eller endda ude over kanten, men som han alligevel var sluppet godt fra. De var blevet uvenner allerede for mange år siden og havde haft helt forskellige opfattelser af, hvordan familiefirmaet skulle drives. Hendes far havde faktisk været i gang med at samle noget belastende materiale om ham, men havde ikke nået at gøre det færdigt.

Onkel Georg havde været den yngste af tre halvbrødre, og hendes far den mellemste. Den ældste var onkel Karl-Erik, der var den eneste af dem, der stadig var i live. Men han var mentalt handicappet og boede på en slags plejehjem i Dianalund. Formelt set var det ham, der drev familiefirmaet, men det var kun af navn. Der var ansat professionelle folk til at stå for den daglige ledelse.

Men det føltes lidt underligt, at først begge hendes forældre og nu onkel Georg alle var døde i så relativt ung en alder.